飛花落花

森敏子

文學の森

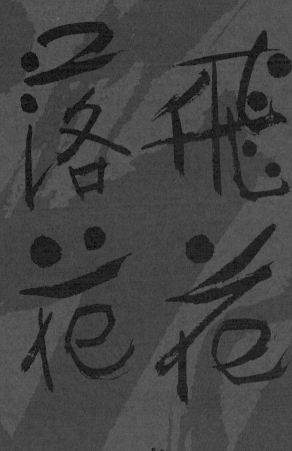

句集『飛花落花』に寄せて

山本悦夫

この度、森敏子さんがお兄さんの七回忌にあわせて句集を出された。兄を思い、また深く妹を愛する様が垣間見える兄妹の襟帯の強さを描く俳句の数々に深い感動をおぼえた。敏子さんの俳句集の上梓を祝うと同時に、陰ながら境を異にした健さんの平安を祈ります。

私が編集発行する文芸雑誌『四人』では、敏子さんの俳句を毎号飾らせて頂いている。

『四人』は、火野葦平、長谷健が亡くなり廃刊となった『隊商』の後を受けて、残った『隊商』の同人の四人が一九六〇年に創刊した文芸同人雑誌であり、さらに遡ると、旧制福岡高校の文学部教授等が創刊した『九州文壇』の系譜につながる。

初代編集長が永松習次郎、次が成清良孝、次に私が後を引き受けている。永松習次郎、成清良孝は、今の福岡教育大を卒業して上京したように、私もまた九州大学を出て上京した。

火野葦平に『花と龍』という大河小説がある。若松港の沖仲仕、玉井組組合長であった父、玉井金五郎と母マンの人生をほとんど実名で描いている。『花と龍』は何度も映画化されたが、一九六九年「日本俠客伝　花と龍」が高倉健主演で上映されて、好評のうちシリーズ化された。この俠客シリーズで高倉健は、気は荒いが、男気のある川筋男を演じた。

火野葦平に一人の妹があり、その妹の子がパキスタンのペシャワールで医療だけでなく灌漑事業も行ったが、その人が銃撃されて亡くなった中村哲医師である。中村医師は九州大学医学部を出て、遠い異国の人道支援に身を投じた。彼もまた男気のある川筋者であった。

一九七九年には、高倉健主演の「君よ憤怒の河を渉れ」が中国で「追捕」というタイトルで公開された。この映画は、観客動員数八億人、空前のヒット作品となった。映画は、心の奥に優しさを秘めた強く男らしい日本の男の姿を描いている。その映画を中国の八億の民が観て、感動してくれた。そして高倉健のファンとなったのだ。健さんは、中国の民衆に本当の日本人はどういうものかということを伝えてくれたのだ。

敏子さんが寄せられる俳句は妖しげで妖艶な美しさがあり、研ぎ澄まされた感性に、時には鬼気迫るものがある。この世とあの世、そしてそのどこかに兄、高倉健の姿が影となって見え隠れする。失礼ながら、私には、時とするとこの二人は一卵性双生児ではないかと思ったことさえある。

最近、敏子さんは、お孫さんの居るベトナムのホーチミンに滞在することが長くなった。

ホーチミンでの生活に慣れきって台所俳句のような句を作って欲しくないな、と危惧するまでもなく、敏子さんはみずみずしい俳句を送って来る。
最新刊の『四人』に送っていただいたのは、「蛍火」十五句である。その中のいくつかを挙げてみる。

憎むにはあらねど蛍囲ひけり
飼ひ殺す蛍や女の衣の中

と、私など男にはわからない女の業を感じさせる句もあるが、多くは、兄高倉健へ手向ける鎮魂の句か、

噂では蛍になりし人のこと
おほき火の蛍や君にまぎれなし
魂蛍逢へば寂しくなりにけり
読《どく》経《きやう》の真中蛍の通りけり

高みつゝ寄りつゝ別れ蛍の火

と素直にすっと入って来る句である。象徴的な「蛍火」十五句の掲載された『四人』百三号が、お兄さん、健さんの七回忌の月に世に出ることに、不思議な因縁を感じないわけにはいかない。
『四人』は、北九州に深い縁のある文芸誌である。今後いつまでもいつまでも誰にも作れない句、敏子句を送っていただくことを願っている。

令和二年菊秋

『四人』編集発行人、作家
「鳥と蛇の神話」研究者
日本学術会議協力学会
アジア文化造形学会　会長

兄思い・妹思いの感動の句集

古川貞二郎

名優高倉健さんの七回忌にあたる十一月十日の剛健忌に合わせて、兄と妹の魂魄の交流を見事なまでに描ききった句集が出版されました。

作者の森敏子さんとは、長年の友人である山本悦夫氏を通じて知り合い、今ではご息女夫妻や二人のお孫さんを含めた家族ぐるみのお付き合いをしています。

今を去る十四年前の平成十八年六月には、山本夫妻と妻と私の四人で上海に旅行し、森さんご一家と十日間ほど中国各地を訪ね、とても楽しい豊かなひとときを過ごしました。

当時、敏子さんのご息女貴子さんの夫君の敷田透さんが日本の有力企業の上海のリーダーとして活躍されており、一時寄寓をしておられた敏子さんともどもも一家をあげて大歓迎して下さいました。

世界遺産の黄山に登ったのもそのときで、山頂に一泊し、翌朝下山する折、強風でケーブルカーの運行が中止になり、やむなく約四千段の石段を徒歩で下りることになりました。片側は山の急斜面、他方は深い谷になっている狭い石段を、私は敏子さんと腕を組み汗だくになりながら、一歩一歩慎重に足を踏みしめ下山したことを昨日のことのように覚えています。敏子さんは、後にこのときのことを句になさっています。

それから二年後の平成二十年の秋、九大仲間の俳句の会である九水会と敏子さんたち福岡の女流俳人の方々との宮若吟行合同句会が宮若市の「俳句の道」と楠水閣で開催されました。

九水会のメンバーでもなく句作もしない私も、仲間に誘われて同行しました。「俳句の道」で苦吟している仲間をみて私も句を詠んでみようと思い立ち、見たまま、感じたままを念頭に所定の六句を詠んで提出しました。ところが無策の策が良かったのか、驚いたことに合評会では意外に好評でした。

翌朝は、宿の近くの犬鳴川で女流俳人の方々が用意して下さった雛の舟を流して楽しみました。帰京してすぐ敏子さんからお礼の手紙をいただきましたが、その中に二年前、中国の黄山でご一緒したときのことを詠んだ〈正直の漢《をとこ》の汗でありにけり〉という句が書き添えてありました。後で知ったことですが、この句は健さんが一番好きな句だったそうです。

舞い上がった私は、早速お礼の手紙に大胆にも犬鳴川で敏子さんとともに雛を流して楽しんだ情景を詠んだ〈秋の雛艶ある女《ひと》と流しけり〉という句を書き添えました。

私は、高校時代に稚拙な詩作はしたことがありますが句作は宮若が初めてで、結局この句は私の生涯最後の一句になると思います。

敏子さんのお話では、高校を卒業する健さんが新入生として入学する妹の敏子さんを心配して後輩たちに見張るよう命じ、後輩たちは敏子さんに近づく者をボコボコにしようと待ち構えていたそうです。敏子さんには有難迷惑だったようですが。

妻の理津子は私の句を見て「若いときだったら、あなたはボコボコにされるところでしたね」と面白がっていました。ちなみに妻は高倉健、敏子兄妹のファンで、平成二十五年に健さんが文化勲章を受章されたときはいち早く電話で敏子さんにお祝いを申し上げ、すぐ健さんから丁重なお葉書をいただき、今も大切にしまっています。


この十月の半ば、敏子さんから「七回忌に合わせて兄を偲ぶ句集をだすので、是非一文を」と頼まれ、原稿が送られてきました。素人の私には俳句を語ることはできませんが、早速原稿を読ませていただき、何と兄思いの句集であることかと深い感動を覚えました。

〈寂し寂し寂し寂しと星流る〉をはじめ、兄君への直截な敬慕の念がひたひたと心の奥まで染み込んでまいります。

銀幕でしかお目にかかったことのない高倉健さんですが、こんな兄思いの妹を持って本当に幸せな方だと思わずにはおれません。

また一方、兄君も妹敏子さんのことを旅立った今も蔭で深く思っておられることが強く感じられます。たとえば、第二部「一魂涼々」の最後に書かれている夢をみたお話。カサブランカの花束を抱えて兄が自転車で現れました。「元気か？　寂しくないか？」「亦来るからナ、元気でいろよ！」と言って泣いて止める私を置いて自転車に飛び乗り走り去りました、と。

また第三部「雲取奥花」のやはり最後の、一人で雲取山の一本桜に逢いに行き和服姿の兄に会ったお話や対馬酒唄のお話。これらのお話はどう理解したらよいのでしょう？　ただ言えることは、間違いなく健さんは妹の敏子さんをすぐ近くでいつもあたたかく見守っておいでだということです。

この兄思い、妹思いの魂魄の句集は、今は亡き高倉健さんにとって何よりの供養であり、その思いは甥の健《たけし》さんや透さん・貴子さんご夫妻、孫の龍君や兜太君の心に深く刻み込まれ、ずっとずっと引き継がれていくことでしょう。
もとより身内だけでなく、剛健忌とともにこの句集も多くの人々の心の中にしっかりと根をおろし、いつまでも感動を与え続けていくものと信じます。

令和二年紅葉月

友人
恩賜財団母子愛育会会長
元内閣官房副長官

句集　飛花落花　目次

題簽　鄭東珠
装丁　森　健

句集　飛花落花

寒青

かんせい

寒の月空華灼灼しづくせり

寂しさは言はず月無きのみを言ふ

うつし身に音が紐なす虎落《もがり》笛《ぶえ》
吹きかけて火色のもどる埋火に

花冷や黄泉に供する夢一華

春の夢兄の理《ことわり》聴いてをり

汝が胸へ通へ春夜の流れ星

手鏡を拭き花冷の頬に触る

春風や兄に貰ひし女身佛

口閉ぢし蛤のまゝ沈みをる

白椿漢《をとこ》に手折るには寂し
女にも武士道ありし白菖蒲

杜若《かきつばた》漢を演《や》つてしまひけり

百合・牡丹・粛粛と死を受け入れし

天啓の漢《ひと》や抜け来る大蛍

魂《こん》魄《ぱく》と思ふ蛍の息の前

やましくて籠の蛍を放しけり

ほたる追ふ蛍や此の世抜け出せり

はしなくも兄を想へり蛍の火

兄に逢ひたし夕顔のひらききり

心中に炎玉《ほだま》のありし白牡丹

桐一葉宅子《いへこ》の裔として歩む
五代前の祖母・歌人・東路日記を残す

秋の蝶谷戸の窟に見失ふ

腹切やぐら・北条一族先祖苅田式部大輔篤時墳墓

月あまり美しければ人恨み

つゝしみて月の佛に問ふことも

別々の径をいまさら露万朶

死に顔にまみえぬ訣れ冬銀河

一笛の刃が胸へ剛健忌

十一月十日剛健忌とす

寂し寂し寂し寂しと星流る

水澄むやずきずき人を好きになり

浮寝鳥聞き流す事多かりし

果無《はかな》事《ごと》紅葉の一葉揉《も》み拉《しだ》く

虎落笛ふつつり切れし人の縁

兄より秀光作御鈴を受く

如月の別れ御鈴の一打二打

しづけさや繭囁きを返し来る
ささめ雪声無き経を上げにけり

寸鉄の言の葉よろし龍の玉

炎天の漢を強く記憶せり

君逝くを今は許せり十六夜

魂の唄

私が最後に兄と話したのは死の一ヶ月前である。実は兄にとっては義弟にあたる姉婿の法事を一ヶ月後に控えて、御仏前にお花を供えてくれとの電話だった。何時も優しく気配りの行き届いた兄だった。

「お花は胡蝶蘭はイヤだょ」二人同時に言って、笑い合った。何時もの様に少し長い間話をした。物静かな声で仏は上から見てるからな！　何時も必ず見てるからな……と繰り返して言った。そして人生楽しめよ、自分の愛する人生を生きよ！　と言った。兄は何時もと同じ様に「じゃあ元気でな！」。此の言葉が別れの言葉となった。

　兄が逝って暫くした或る日に差し出し人の名前の無い荷物が届いた。中は一通の手紙とカセットテープだった。実は兄と親しかったと思われる此のお方に、兄はその手紙を添えたカセットテープを送っていたのだ。手紙には簡単な挨拶の後にこの唄を吹き込んだので聞いて下さいと書かれていた。そのお方が兄の死後、此れは健さんの妹さんに上げたい、聞かせたいと私に送って下さったのだった。お名前も伏せておられるそのお方に只々感謝するばかりです。

私は此の曲は初めて耳にする唄だった。何度も何度も聴き入った。心にしみる余情……魂が隠っているとそう思った。

あまりにも切ない……次に記した此の唄が引金となり私は兄への相聞~俳句を詠んだ。それが空華灼灼「寒青」である。

二〇一五年二月十六日

流れの雲に

川内康範　作詞
渡久地政信　作曲

流れの雲にきいてみた
　おいら明日は　何処へ行く
そよ吹く風にきいてみた
　おいら明日は　何処へ行く

風がこたえた　雲にきけ
雲がこたえた　風にきけ
どうせこの世の寂しさを
知っていながら　何故にきく

何処で死のうと　生きようと
泣いてくれてが　あるじゃなし
天上天下ただひとり
頼れる奴は俺ひとり　頼れる奴は俺ひとり

兄相聞の……

亦　二人の孫

龍・兜太に書き残す

一魂涼々

いっこんりょうりょう

神の留守漢の文の届きけり

逢ふもよし逢はぬもをかし龍の玉

細く細く手に裂く手紙秋の暮

小田家菩提寺

しづけさのきはみや秋の正覚寺

悪女ともなれず冬寺訪ひにけり

十一月十日まれ人と逢ふ佳き日なり

男の忌天を真青にカサブランカ

心柁の白檀添ふる骨の冷

二〇一六年九月九日　正覚寺本堂に安置
二〇一六年十月二十二日　納骨

寒涙や白骨《ほとけ》濡らしてはならず

ほめく手や高麗の壺に骨納め

空華灼灼高麗骨壺冴え返る

雁渡る骨壺の骨鳴らしみる

高麗壺・平戸焼十五代中里茂右ヱ門

木枯や阿修羅の吹きし骨の笛

身に沁むや見えざる人に声をかけ

冬の墓言葉壊れし漢の背

数へ日や空より落ちて来る孤独

寒牡丹ひたぶる漢の黙もまた

蝶々や帰りそびれてゐる日暮

よりどころなき日の続き薔薇を買ふ

夕暮や五指を散りゆく薔薇の紅《こう》

氷中に薔薇閉ぢ込めて独りの夜
のみこみし言葉は一つ龍の玉

月しぐれ漢の際《きは》のありにけり

身ほとりに誰も居ず香水はゲラン

遺《のこ》されてマイルスに酔ふ赤き月

美男なる死神来ませ二十日月

癒ゆる日のカサブランカは胸に棲む
人恋へばわれに銀河のしたゝるか

寒月光拂ひても拂ひても逢へず
魂抜きの迷路のありし紅葉山

龍神瀧

あかときの雄瀧へ急ぐ女われ

女一人石踏み転《こ》かし一の瀧

瀧の前肚《はら》の底より声出して
諳ずる男の言葉瀧凍つる
（往く道は精進にして、忍びて終わり悔いなし）

大寒やむかし漢は夢をみし
カサブランカ夜の深みに眠るのみ

歩を止めし漢ありけり実むらさき

一魂涼々墓なる兄を訪ひたれば

カサブランカ

三回忌を機に石碑建立の其の日、全く見知らぬ方から一通のお手紙を戴きました。考えあぐねた末に小田家の菩提寺「正覚寺」にてお逢いする事になりました。

昼下りの誰も居ない境内の石碑・お墓には見事なカサブランカが供華としてお供えして有りました。石碑の前にはお手紙のお方が一人待って居て下さいました。後に、此の出逢は兄から戴いたご縁とわかり有難く思うばかりです。

実は其の夜私は夢を見ました。カサブランカを抱えて兄が自転車で現れました。

「元気か？　寂しくないか？」等々話して、兄は、「もう帰らなければ」と言い、「亦来るからナ、元気でいろよ！」と言って泣いて止める私を置いて自転車に飛び乗り笑って「あの世は楽しいから亦来るから」と言って走り去りました。

笑ってあの世は楽しいと言った兄、父母や愛する人の居るお浄土は楽しいのだと思うと何かちょっと安心しました。

兄はお浄土に居るのだと何度も自分に言い聞かせました。

それにしても、あの腕のカサブランカは……と思うと、居ても立ってもおれず、夜の明けきらない薄暗い遠賀土手を一人車を走らせて正覚寺へ……石碑もお墓も昨日のままの見事なカサブランカが咲き誇っていました。

雲取奥花

くもとりおくか

九州・雲取山

一本の山の桜に逢ひに行く

花の辺を花走りゆく男の忌

魂魄のひそむ桜に待たれゐし
その奥もしじまをうみし山桜

人を待つ心に花の青き闇
山々の桜吹雪の哭《な》いてをり

しきりなる花の落花や逢ひたかり

花霞見えざる人を視てをりし

身に沁むや漠の凝乎《じっ》としてゐたる

汝がゆくてうすら明りの花あかり

逢へばなほつのる寂しさ花月夜

漢来て出口を聞けり花の闇

一瞬に漢攫《さら》うて大桜

千の手のそよぎや桜散らす風

大桜婆娑と羽ばたく花の魂

ものの芽の息づく声のあたりかな

花曇り身をくぐりゆく水の音

降り積る時間の嵩《かさ》や花浄土

桜月身の閂の揺らぎけり

花曼陀羅さみしき時は泣けぬなり

花の酒言葉が心越えて行く
冷し酒おのれ独りも捨てきれず

花冷やさびしくなれば眠るなり

そののちの夢に続きし夕桜

咲きみちて風を醸せる大桜
現《うつ》し身を桜吹雪に抱きとらる

寂しさの極まる落花地の聲す

死はそこに靡けり花の冷のこる

水音の暮れても花の薄あかり

天の河白き枕の浮いてをり

落花あまねし雨あとの薄月夜

吹雪きゐる花の奈落に遺されし

せつに降る桜しべあり夕ごころ

うつゝより夢の桜の匂ひ濃し

雪月花はるかな声を聞き聴かむ

舞ふ花の風やはらかし龍の穴

棒手裏剣《しゆりけん》や雲押しひらき桜月

円覚寺松野老僧に手裏剣を戴く

あを〳〵と月を曳きゆく飛花落花

さくらさくら対馬酒唄それでよか
葉隠の漢葉隠の女なり

みひらふたひら花の名残の山なりし
さくらさくらあなたへ幕は降ろせない

一本の大きく暮れて山桜

花醍醐

谷間からの風に吹き上げられて空をくらくして渦巻き舞い上がる、そんな美しい桜を思い描きながら、一人雲取の一本桜に逢いに行った。見事な桜にうつつを抜かしている最中、急に風が出て此の世とも思えぬ花吹雪の中、揺らめきながら近付く和服姿の兄が現れたのである。ただ茫然とみとれ立ちすくみ呪縛されたように動かずにいた、一瞬の出来事だった。狐につままれたようで夢から醒めなかった。でも本当に醒めたとは言い難い、まのあたりに接したあの出来事を私は大変幸せに思っている。

生前兄は良く電話をくれた。夜が多かった。或る夜電話の中でぽつりと唄をうたってくれた。それは川筋気質にも似た詞で、何かと尋ねると「対馬酒唄」だと言った。そんな事は珍しかった。其の夜の事は良く覚えている。雲取山で桜の句を詠んだが、ふっと対馬酒

なものだ。

唄を想い出した。そして一句詠んだ。俳句と言うより一行詩みたい

〈さくらさくら対馬酒唄それでよか〉

何故か私は二度三度読み返して俳句らしからぬ此の句をどうして

も桜の句の中から外し難く一連の中の一句として収めた。

ところが、ところがである。新しく出た谷充代さんの本『幸せに

なるんだぞ　高倉健　あの時、あの言葉』、俺が死んだら、聴いてく

れと渡されたカセットの曲が何と「対馬酒唄」だったとは……絶句。

あまりの偶然に一瞬身震いした。涙が溢れた……。一面識もない

谷充代さんの電話番号を直ぐに探す様に息子に電話……大変失礼と

は存じ乍ら谷さんにお電話をした次第です。

雲取の出来事はやはり夢とは言い難い、そう思いたい……。

兄の存在が心の底まで深く浸透した――やがて高倉健の七回忌、

いくつもの不思議なドラマが重なって、今ここに句集が誕生する。

対馬酒唄

荒木とよひさ　作詞
徳久広司　　作曲

酒は飲ませなせえ　冷やでよかよ
　そこのちゃわんでよ
　　それでよか　それでよか
おやじは薩摩でえ
　　おふくろ博多
酒の一升じゃ酔いやせん
　雨が降りだしたばい　暖簾を揺らす
俺が死んだらよ
　桜の下によ　骨ば埋めて
　　花見してよ

この句集を亡き兄に捧げる

あとがき

文芸雑誌『四人』の編集長をなさって居る山本悦夫さまには長年に渡り大変お世話になって居ります。今回序文をお願い致しました。山本さま有難う御座居ました。

上海・中国世界遺産の黄山の旅、山本御夫妻・古川御夫妻・私の娘の貴子・その中国語の先生燕燕《えんえん》、七人の楽しい旅をしました。

実は御一緒した古川さまにも序文をお願い致しました。言い出す事を迷いに迷ったのですが、敢えて古川さまにお願い致しました。

それは「黄山」に行った折の話です。

〈正直の漢の汗でありにけり〉

黄山での古川さまを詠んだ一句です。

黄山の登りはケーブルでしたが、一泊した夜の強風で翌朝はケーブルが停止……山頂から皆狭い山径を歩いて下山する事となりました。踏みはずせば谷底へ――私は足がすくんで一歩も前へと動けません。そんな時、古川さまがサァーッと手を貸して下さり、暑さで汗びっしょりの皆でしたが、古川さまは腕の上着に手を通されたのです。私は唖然として「暑いでしょうに……」。すると古川さまは「敏子さんに汗の匂いは失礼ですから」。もう吃驚!! なんと優しくて粋な……そんな時の思いを詠んだ句です。

私が句集を出しまして兄が一番いい句は此の正直の漢の句だね、いい句だ!! と。

見せる句でなく見える句を詠めと何時も私の俳句に興味を見せていた兄、此の句は好きだナと二、三度読み返してくれた電話です。ところで、此の正直の漢は誰? と聞かれましたが私は笑って応えませんでした。

日本に居る時は良く電話をしてくる兄でしたが、話の終りはあの正直の漢は誰？　と何度となく聞かれましたが何故かおかしくって笑って教えないままに——昔、昔の話ですが、兄が大学へ、その後、同じ高校に私が入学する事に……私も卒業して何年かしての話ですが、或る時、先輩から明かされた話にビックリ！　剛ちゃん（兄）から今度妹が入学して来るから、みんな見張っとけと言われ俺達みんなで見張っとったんですよ……近づく奴が居たらボコボコに……。

そんな昔の事があって、私の事は全て目を利かせていた兄、有難い様な迷惑な事も——でも今となっては、あんなに知りたがった「正直の漢」の名前を教えてあげればよかったと、今更ながら後悔あるのみです。此の場をお借りしてあれは古川貞二郎さまでしたと……笑って伝えます。お兄さん御免なさいネ。

亦、兄が亡くなって直ぐに古川さまにお電話で御相談した事が有ります。

古川さまからは一言。

「晴れない霧はない！　霧は絶対に晴れる！」

敏子さん頑張ろうと言われ、此の言葉によって、どん底に落ち込んで居た私は救われました。

神も仏もあるのだと強く思いました。

そして兄に貰った次の言葉。

冷に耐え　苦に耐え
煩に耐え　閑に耐え
激せず　躁《さわ》がず
競わず　随わず
以って　大事を為すべし

此の言葉を胸に今日が有ります。

序文を戴きました古川さま有難う御座居ました。

厚く厚く御礼申し上げます。


そして亡くなる一ヶ月前、電話して来た兄「仏は上から見てる。

必ず上から見てる」と、繰り返し言った兄、此の度、七回忌を迎えるに当り、句集を出そうと決めました。

兄が亡くなって直ぐに俳句「寒青」を詠み、三回忌の四日間の出来事を中心に「一魂涼々」として俳句に、亦、雲取の桜「雲取奥花」としてのすべてを纏め一冊の本を兄へ捧げようとその時思いました。

鄭東珠様より立派な題簽を戴き感謝しております。

「文學の森」の皆様にはお世話になりました。有難う御座居ました。

二〇二〇年十一月一日

森　敏子

著者略歴

森　敏子（もり・としこ）

昭和10年３月30日　福岡県中間市に生れる
平成５年　「白桃」入会
平成６年　白桃賞受賞
平成20年　第一句集『薔薇枕』上梓
　　　　　北九州芸術劇場にてチャリティーコンサート
　　　　　「薔薇枕」（俳句とチェロ）
平成21年　成田山千灯明と蛍の乱舞コンサート
　　　　　「恋蛍」朗読（俳句とチェロ）
　　　　　千草ホテルにて「恋蛍」朗読（俳句とチェロ）

俳人協会会員

現 住 所　〒820-1102　福岡県鞍手郡小竹町赤地1942-3

句集　飛花落花《ひからっか》

令和二年十一月十日　第一刷発行
令和三年五月十六日　第二刷発行
著　者　森　敏子
発行者　姜　琪　東
発行所　株式会社　文學の森
〒一六九-〇〇七五
東京都新宿区高田馬場二-一-二　田島ビル八階
tel 03-5292-9188　fax 03-5292-9199
e-mail mori@bungak.com
ホームページ http://www.bungak.com
印刷・製本　有限会社青雲印刷

ISBN978-4-86438-887-0　C0092
JASRAC 出 2009357-102
落丁・乱丁本はお取替えいたします。